Das Glückhafft Schiff von Zürich

Johann Fischart

copyright © 2023 Culturea éditions
Herausgeber: Culturea (34, Hérault)
Druck: BOD - In de Tarpen 42, Norderstedt (Deutschland)
Website: http://culturea.fr
Kontakt: infos@culturea.fr
ISBN:9791041908875
Veröffentlichungsdatum: FEBRUAR 2023
Layout und Design: https://reedsy.com/
Dieses Buch wurde mit der Schriftart Bauer Bodoni gesetzt.
Alle Rechte für alle Länder vorbehalten.
ER WIRT MIR GEBEN

Ein Lobspruch / vonn der Glücklichen vnd Wolfertigen Schiffart / einer Burgerlichen Gesellchafft auß Zürich / auff das außgeschriben Schiessen gen Straßburg den 21. Junij / des 76. jars /nicht vil erhörter weis vollbracht.

Dazu eines Neidigen Vervnglimpfers schanklicher Schmachspruch / von gedachtem Glückschiff:

Samt desselbigen Notwendigem Kehrab ist gethan worden.

Sal. iij.

Sein zeyt hat bawen vnd die freüd /

Sein zeyt hat brechen vnd das leyd:

Fürnemlich aber hat sein zeyt

Schweigen vnd Reden / Frid vnd Sreit.

Das Glückhafft Schiff von Zürich.

Artliche Beschreybung der vngewonten, vnnd doch glückfertigen Schiffart ettlicher Burger von Zürich auff das vilberümt Hauptschiessen gen Straßburg gethan.

Gestellet einer Loblichen Eydgnoschafft, einer Statt vnnd gemein Zürich, auch dem mit freüden vollbrachten Straßburgischen Schiessen, Vnd der ehrlichen Nachparlichen besuchung, der Glückhaften Schiffartgeselschaft, zu gedächtnus, Rum vnd Ehren.

Durch **Vlrich Mansehr** vom Treübach.

Man lißt von Xerxe, dem Beherscher

Des auffgangs vnd der Edeln Perser,

(Welcher neun hundert dausent mann

Füret wider die Griechen an),

Das, als er het zu Mer gestritten

Vnd sehr grosen Verlust gelitten,

Da ward er so ergrimmet sehr,

Das er ließ geyselen das Mer,

Vnd wurff kätten drein, es zustille

Vnd es zufässeln nach seim willen.

Aber was half in dieser hon?

So vil als nichts: er floch davon.

Desgleichen hört man von Venedig,

Das sie, zuschaffen das Mer gnädig,

Järlich werfen hinein ein Ring,

Das es sie wie ein Braut vmbfing.

Aber wie oft hats sich erwisen

Gantz feindtlich mit den Vbergüssen?

Auch, wan sie jrer Gmahl wol trauten,

Was dorffts, das sie vil Dämm vmbbauten?

Deshalb ein andre weiß ist gwiß,

Zuzämen die Wasser vnd Flüß,

Das sie geschlacht vnd folgig werden

Vnd die leut färtigen on bschwerden.

Welchs ist dieselb? Nemlich nur die,

Welche wir han erfaren hie,

Das neulich sie gebrauchet hat

Die jung Mannschafft auß Zürch der Statt,

Das ist: hantfest Arbeitsamkeyt

Vnd standhafft vnuerdrossenheit

Durch Rudern, Rimen, stosen, schalten,

Vngeacht müh ernsthafft anhalten,

Nicht schewen hiz, schweis, gfärligkeit,

Noch der wasser vngstümmigkeit,

Nicht erschrecken ab wirbeln, wällen,

Sonder sich hertzhafft gegenstellen;

Je meh die Flüß Laut rauschend trutzen,

Je kräfftiger hinwjder stutzen,

Inn summa, durch standhafft gemüt

Vnd strenge hand, die nicht ermüd;

Dann nichts ist also schwer vnd scharff,

Das nicht die arbeit vnderwarff;

Nichts mag kaum sein so vngelegen,

Welchs nicht die Arbeit bring zu wegen.

Was die faulkeit halt für vnmüglich,

Das vberwind die Arbeit füglich.

Die Arbeit hat die Berg durchgraben

Vnd das Thal inn die höh erhaben,

Hats Land mitt Stätten wonhaft gmacht

Vnd die Ström zwischen Damm gebracht,

Hat Schif gebaut, das Mer zuzwingen,

Das es die Leut muß vberbringen,

Vnd die leut vber flüß muß dragen,

Vnd sich mit Rudern lassen schlagen,

Das es die Schiff so gschwind muß füren,

Als die vögel der Luft thut rüren.

Derwegen, dieweil durch solch weiß,

Namlich durch arbeitsamen fleiß,

Die Züricher haben vorgedroffen

Vilen, die auch dergleichen hofften,

Vnd han ein bessern weg gefunden,

Wie die flüß werden vberwunden,

Vnd also han geschafft ein Nam,

Der bleibt, so lang der Limmatstram

Zu jrem Vater laufft inn Rein

Vnd der Rein kehrt im Meerkreiß ein,

So wer es ie ein vnuerstand,

Die Gschicht zumachen nicht bekant.

Dieweil es ie kein Fabel ist,

Wie man vom Triptolemo lißt,

Der inn kurtzer Zeit hat durchgangen

Die gantze welt auff fliegend schlangen,

Noch ein gedicht von fligend drachen,

Welche Medea zam kont machen.

Hie darff das Schiff kein flügel nit,

Wie Persei Luftpferd, welchs er ritt,

Hie darff kein fettich man vmbthun,

Wie Ikarus, so schmelzt die Sunn,

Sondern standmut vnd feste Hand,

Das macht recht fligen durch die land.

Arbeit vnd fleis, das sind die flügel,

So füren vber Stram vnd hügel!

Derhalben weichet, jr Poeten,

Die war geschicht inn falsch gdicht nöten,

Vnd laßt vns hören mit verlangen,

Wie im Sommer newlich vergangen

Von Zürch ein Gsellig Burgerschafft

Mit gutem Glück vnd Manneskraft

Gen Straßburg auf das Schiessen fuhr,

Da sie all freüntlicheit erfuhr.

Als nun war außgebrochen weit

Deren von Straßburg willigkeit

Zu pflantzung Nachbarlicher freundtschaft

Inn jrem Ausschreiben gemeinhaft

Hin vnd wider an Ständ vnd Stätt

Vnd alle Nachbawrn, die es hett,

Zu eim Hauptschiessen schön mit lust,

Zugleich mit Büchsen vnd Armbrust,

Zu deren jedem war das best

Hundert gulden on sonst den Rest.

Da sind von hoch vnd njder Stand

Erschinen vil auß Statt vnd Land,

Deßhalb die Loblich lieblich Statt

Zürich, die nach seim Nam stiften that

Turich, ein Künig der Heldwallen

Vnd Balgerhelden, starck vor allen,

Vor Christi gburt zwei tausent jar,

(Von dem auch Trüehr gbawet war

Vnd im Heldsaß die Statt Türacburg,

Bei den Trüwonern, heut gnant Stratburg).

Welche berhümte Türuchiner

Zu Cäsars zeiten waren küner,

Als andre im Heldvätterland,

Vnd zogen oft mit gwerter hand

Den Römern inns Keyserlich gbiet,

Zu schützen jr freiheit damit.

Wie sie sich dan auch Mannlich stelten

Bei Rudolff von Habspurg dem Helden

Vnd andern Keysern, so nach kamen,

Daher gros freyheit sie bekamen.

Ja, die Statt ward so hoch geacht

Von wegen jrer Tugendmacht,

Das sie den Eydgnossen hat gfallen

Zu sein das erst ort vnder allen.

Ja dise alt berümbte Statt,

So die Limmat eingfangen hat

Mit etlich schönen weyten Brucken,

Vnd ist berümt von vilen stucken,

Von Policei, Religion,

Von mancher Gelerter Person,

Von Weisen Leüten zu dem Rhat

Vnd Streitbarn leuten zu der that,

Dieselbig wolt auch nicht erlosen

Die glegenheyt, jr auffgestosen,

Jr vralt freund vnd Nachbar leut

Heimzusuchen inn freuden weit,

Vnd solches auf ein sonder weis,

Die sich reimpt zu der freudenweiß.

Dann gleich wie sein zeit hat das leyd,

Also hat sein zeit auch die freud.

Vnd wie das leyd inn vnmut steht,

Also die freud auff kurtzweil geht.

Derhalben sich ein ehrlich Gsellschaft

Von vier vnd fünfftzig sammenthaft,

So all inn Leybfarb warn gekleidt,

Zu zeigen jr einmütigkeit,

Verglichen haben eynes stücks,

Welches bedorft wol groses Glücks,

Nemlich inn eim tag thun ein fart,

Die man kaum inn vier tagen fahrt,

Vnd inn dem folgen den Vorfaren,

Die auch dergleychen Schifleüt waren.

Dann was staht baß, dann wann die jugend

Nachschlägt jrer Vorfaren tugend?

Dann also grünen die Stätt hie,

Wann Tugend bleybt bei alter plüh;

Aber wo auß der art man schlägt

Vnd täglich newe bräuch erregt,

Da kumpt gewis ain Newerung,

Die selten eim Land wol gelung.

Vnd wiewol heut die junge welt

Für schlecht der Alten thaten hällt

Von schlecht richtiger vmständ wegen,

So solte doch dieselb erwegen,

Das sie durch die schlecht Richtigkeit

Iren solch macht hat zubereit,

Da man durch new vnrichtigkeit

Heut täglich sicht entstehn groß leyd.

Darumb vil anders gsinnet war

Dise Zürichisch Gsellschafft zwar,

Die auch erweysen wolt die kraft

Der Alten bey junger Mannschaft,

Vnd erzeigen durch solch Wagstück,

Das mit Zürch noch halt das alt Glück;

Rüsten derwegen zu ein Schiff,

Welchs inn eim Tag gen Straßburg lief,

Versahen es mit aller ghör,

Damit recht zuerlangen ehr,

Bestellten Schifleut, so regirten

Vnd die jung Manschafft wol anführten.

Nach dem nun alles war versehen,

Ward zu der Abfart angesehen

Im Brachmonat der zwenzigst tag,

Das man es mit dem Wagschiff wag,

Kamen darauff fast vm zwo Vren

Gleich gegen tag, das sie abfuhren,

Drugen ein warmen hirß inns Schiff

Inn eynem grosen hafen tif,

Zu zeygen an, das, wie sie könten

Den Hirs warm lifern an ferrn enden,

Also weren sie allzeit gwärtig,

Zu dienen jren freunden färtig.

All warens freudig, das mans wag,

Vnd grüßten da den lieben tag

Mit Trummen vnd Trommetenschall,

Das es gab durch den See ein hall.

»O heller Tag, O liebe Sonn!«

Sprachen sie, »Nun dein Schein vns gonn,

Zeig vns dein liechtes rotes Haupt,

Des vns hast diese Nacht beraubt,

Geh auf mit freuden vns zu heyl,

Das wir vollbringen vnser theyl!

Halt bey vns heut mit deinem schein,

Laß dir kein Wolck hinderlich sein,

Zünd durch dein liecht den weg vns heut

Auf Straßburg, welchs noch ist sehr weit.

Dann du auch würst durch dise gschicht

Noch berümpt, wo man davon spricht.

Wolan, dein vortrab, Morgenröt,

Zeigt, das bey vns wilt halten stät.

Wan wir dein hitzstich heüt empfinden.

Wollen wir dein beystand verkünden.«

Hierauff rufft jnen das volck zu:

»Glück zu, Glück zu, mit guter rhu,

Vollbringet frisch vnd gsund die reiß,

Gleich wie jr den Hirs lifert heiß;

Laßt euch kein arbeit nicht verdriesen,

Dann jr dadurch grümpt werden müsen.«

Hiemit so stieß man ab von Land,

Vnd legt an dRuder manlich hand.

Da gieng es daher inn der wog,

Als ob es inn dem wasser flog;

Die Ruder giengen auff vnd ab

Schnell, das es ein ansehen gab,

Als ob ein frembds vngwont Geflügel

Da auff dem Wasser rhürt die fligel.

Die Limmat, welche her entspringt

Vom Märchberg, der Vri vmbringt,

Vnd durchs Linthal für Glaris laufft

Vnd inn dem Obersee ersaufft,

Aber im Zürchsee fürkompt wider

Vnd strack für Baden laufft hernider,

Die wolt sich erstlich etwas straussen,

Erzeygt sich wild mit rauschen, praussen;

Dan jr war vngwont solch schnell schiffen,

Vnd het sie gern ein weil ergrifen,

Von jhnen zuerfarn bescheydt,

Was solches eylen doch bedeüt,

Ob jre Landzucht Zürch vileycht

Groß not litt, das man von jr weicht.

Aber eh sie es hat erfaren,

Kamen sie schnell auß jr inn dAren:

Die Aar beim höchsten gbürg entspringt.

Den Gotthart, der inn dWolken dringt,

Vnd sich wie ein Fischangel windt

Durch Brientz- vnd Tunersee geschwind,

Vnd vmringt Bern, die landreych Statt,

Die wol ein Berenmut zwar hatt,

Beydes inn pflantzung wahrer lehr

Vnd schirmung jrer Land mit wehr;

Folgends bey Arberg sich krümpt eben,

Die alt Stat Solthurn zu vmbgeben,

Welche auch König Türich bawt

Zu eim Sal, des Thurn man noch schawt.

Ja inn die Aar, so gibt den namen

Dem Argaw, ein recht Adelssaamen.

Dieselb Arig hat sie geleyt

Inn Rein mit schneller fertigkeyt.

Da frewten sich die Reysgeferten,

Als sie den Rein da rauschen hörten,

Vnd wünschten auff ein newes Glück,

Das Glucklich sie der Rein fortschick,

Vnd grüßten jhn da mit Trommeten:

»Nun han wir deiner hilff von nöten,

O Rein, mit deynem hellen fluß

Dien du vns nun zur fürdernuß;

Las vns geniesen deyner Gunst,

Dieweil du doch entspringst bey vns

Am Vogelberg bey den Luchtmannen,

Im Rheintzierland, von alten anen,

Vnd wir dein Thal, dadurch du rinnst,

Mit bawfeld zirn, dem schönsten dienst.

Schalt diß Wagschiflein nach begeren,

Wir wöllen dir es doch verehren,

Leyt es gen Straßburg, deine zird,

Darfür du gern lauffst mit begird,

Weyl es dein strom ziert vnd ergetzt,

Gleich wie ein Gstein im Ring versetzt.«

Der Rein mocht dis kaum hören auß,

Da wund er vmb das schiff sich kraus,

Macht vmb die Ruder ein weit Rad,

Vnd schlug mit freuden anß gestad,

Vnd ließ ein rauschend Stimm da hören,

Drauß man mocht dise wort erklären.

»Frisch dran, jr liebe Eydgenossen,«

Sprach er, »frisch dran, seit vnuerdrossen;

Also folgt eweren Vorfaren,

Die diß thaten vor hundert jaren.

Also muß man hie Rhum erjagen,

Wann man den Alten will nachschlagen.

Von ewerer Vorfaren wegen

Seit jr mir wilkumm hie zugegen.

Jr sucht die alt Gerechtigkeit,

Die ewer Alten han bereit;

Dieselbig will ich euch gern gonnen,

Wie es die Alten han gewonnen.

Ich weiß, ich werd noch offtmals sehen

Solchs von ewern nachkommnen gschehen.

So erhält man nachbarschafft,

Dann je der Schweitzer eygenschafft

Ist Nachbaurliche freuntlichkeit

Vnd inn der Not standhafftigkeit.

Ich hab vil ehrlich leut vnd Schützen,

Die auf mich inn Schiff thäten sitzen,

Geleit gen Straßburg auff das schiessen,

Dafür mit freüden ich thu flisen;

Aber keyne hab ich geleit

Noch heut des tags mit solcher freud.

Fahr fort, fahr fort, laßt euch nichts schrecken,

Vnd thut die lenden daran strecken.

Die Arbeit trägt darvon den Sig,

Vnd macht, das man hoch daher flig

Mit Fama, die Rumgöttin herlich,

Dan was gschicht schwärlich, das würd ehrlich.

Mit solchen leuten solt man schiffen

Durch die Mörwirbeln vnd Mördifen,

Mit solchen forcht man kein Meerwunder

Vnd kein wetter, wie sehr es tunder;

Mit solchen dörfft man sich vermessen,

Das einen fremde fisch nicht fressen,

Dann dise alles vberstreitten

Durch jr vnuerdrossen arbeyten.

Mit disen Knaben solte einer

Werden des Jasons Schiffartgmeyner

Inn die Insul zum Gulden Wjder,

Da wüßt er, das er käm herwider.

Weren dise am Meer gesessen,

So lang wer vnersucht nicht gwesen

America, die newe Welt,

Dan jr Lobgir het dahin gstellt.

Laßt euch nicht hindern an dem thun,

Das auff die haut euch sticht die Sunn,

Sie will euch manen nur dadurch,

Das jr schneid dapfer durch die furch,

Dann sie seh gern, das jr die gschicht

Vollbrächten bey jrm Schein vnd liecht,

Damit sie auch Rhum davon drag,

Gleich wie ich mich des Rümen mag.

Die Blatern, die sie euch nun brennt,

Vnd die jr schaffet inn der hend,

Werden euch dienen noch zu Rhum,

Wie zwischen Tornen eyne plum.

Jr dörft euch nicht nach wind vmbsehen,

Jr seht, der windt will euch nachwähen;

Gleych wie euch nun diß wetter libt,

Also binn ich auch vnbetrübt.

Jr sehet je mein wasser klar

Gleich wie ein Spiegel offenbar.

So lang man würd den Rein abfaren,

Würd keyner ewer lob nicht sparen,

Sonder wünschen, das sein Schiff lieff

Wie von Zürch das Glückhaffte Schiff.

Wolan, frisch dran, jr habt mein gleyt

Vmb ewer standhafft frewdigkeyt.

Die straß auff Straßburg sei euch offen,

Jr werd erlangen, was jr hoffen;

Was jr euch heut frü namen vor,

Das würd den abent euch noch wor.

Heut werd jr die Statt Straßburg sehen,

So war ich selbs herzu werd nähen.

Heüt werd jr als wolkommen gäst

Zu Straßburg noch ankommen resch.

Nun, liebs Wagschiflin, lauff behend,

Heut würst ein Glückschiff noch genent,

Vnd durch dich werd ich auch geprisen,

Weil ich solch trew dir hab bewisen!«

Solch stimm der Gselschafft seltzam war,

Vnd schwig drob still erstaunet gar,

Es daucht si, das sie die Stimm fül,

Als wann ein wind bließ inn ein hül;

Derhalb jagt sie jr ein ein mut,

Gleich wie das horn vnd rüffen thut

Des Jägers, wann es weit erschallt,

Den hunden inn dem finstern wald,

So sie im dieffen Thal verlauffen

Vnd die Berg auff vnd ab durchschnauffen,

Alsdan jn erst die waffel schaumpt

Vnd kommen auff die spur vngsaumpt.

Also war auch dem Schiff die Stimm,

Bekam zu rudern erst ein grimm,

Thäten so starck die Rhuder zucken,

Als wolten fallen sie an rucken

In gleichem zug, inn gleichem flug.

Der Stewrman stund fest an den pflug

Vnd schnit solch furchen inn den Rein,

Das das vnderst zu oberst schein.

Die Sonn het auch jr freüd damit,

Das so dapffer das Schiff fortschritt,

Vnd schin so hell inn dRuder rinnen,

Das sie von fern wie Spiegel schinen.

Das Gestad schertzt auch mit dem Schiff,

Wann das wasser dem land zulieff,

Dann es gab einen widerthon

Gleich wie die Rhuder thaten gon.

Ein Flut die ander trib so gschwind,

Das sie eim vnderm gsicht verschwind.

Ja der Rein wurf auch auff klein wällen,

Die dantzten vmb das schif zu gsellen.

Inn summa, alles freüdig war,

Die Schiffart zu vollbringen gar,

Die vertröstung, Rhum zuerjagen,

Erhitzigt jr hertz, nicht zuzagen;

Wiewol sie jetzund gar nah kamen

Auff Lauffenberg, so hat den Namen

Von des Reins hohem lauff vnd fall:

Da ettlich Berg mit grossem schall

Dem Rein aus neid sich widersetzen,

Die sich dadurch doch selbs verletzen;

Dann ie der Rein on alle schew

Etzt durch sie eine Strafen frey,

Vnd würd sie mit der weil verzeren.

Zu eim vorbild, demut zu lehren,

Vnd nicht zu vnderstohn mit Zwergen,

Den Himel zu stürmen mit Bergen.

Als sie daselbs nun durch die Bruck

Furen mit des Reins gutem glück,

Da danckten sie im für die trew,

Vnd besahen das schön gebew,

Vnd redten von der Salmen wog,

Wie der Rein da vil Salmen Zog.

Folgends auff Seckingen sie schifften,

Die das volck der Segwanen stifften.

Da des Reins achtest Bruck angeht,

Vnd inn Sant Fridlins Insul steht.

Noch musten sie sich weiter schicken

Zu einem Strudel vnder Bücken,

Welcher der dritt ist inn dem Rein

Vnd schrecklich laut vom namen sein,

Dann er genant ist »im Höllhacken«,

Weil nach den schiffen er thut zwacken.

Da sprachen sie dem Schiflin zu,

Da es jetzund sein bestes thu,

Vnd eyl auff Reinfelden geschwind,

Da es die neünte Reinbruck find;

Wann es durchbrech den Wasserbruch,

So sind es darnach, was es such.

Eh sie diß hetten außgeredt,

Waren sie hindurch auff der stätt.

Da lobten sie den Reinen fluß,

Das er so gdultig on verdruß

Durchdring durch sein standhafftigkeit

Der Felsen vngestümmigkeyt;

Also müß allen den gelingen,

Die durch den Neid nach ehren ringen;

Also auch vnserm Schif geling,

Das es noch heut sein lauff vollbring.

Inn des kamen sie für Reinfeld,

Welchs billich also würd gemeldt,

Dieweil daselbs der Rein fängt an

Zurinnen reyn vnd still davon,

Das er sicht wie ein eben feld

Vnd vnbetrübt sich forthin stellt:

Welchs er gleichsam zu lieb thun scheint

Der Statt, di sich im längst verfreund

An bey dem Gstad, Basil genant,

Dem haupt inn dem Trautricherland,

Die mit Angst, etwan genant Rurich,

Gebawt ward von des königs Turich

Vnderthanen, den Treuwackern,

Die von dem Rein mit dem Trautrachern,

Auff das man das Reinland erfüll,

Zogen dem Gbürg nach vnd der Ill

Auff Illfurt, da sie vberfürten,

Durchs Leimtal der Prisik nachspürten,

Deren sie folgten, biß sie länden,

Da Prisich vnd Birs in Rein wenden.

Da ließ sich nider der ein hauf

Vnd nanten das ort Baß Ill drauf,

Weil sie ein Bässer Ill da funden,

Da sie der Ill vergessen kunten.

Von diser alten Kundtschafft wegen,

Meint man, zeig sich der Rein so glegen,

Eh er auff die Stat Bassil kompt,

Dieweil sie sein Gstad hat vil gfromt,

Beydes, mit dapffrer leüt vertrawung

Vnd seynes Talgeländs erbawung,

Welcher kundtschafft auch hat genossen

Zum gleit die gselschafft vnuerdrossen,

Dieweil sie der Statt vnd dem land

Mit Eidverbündnuß war verwant.

Derhalben, als sie sah von weyte

Der Statt spitzen, sie sich sehr frewte

Vnd sprach alsbald zusamen do:

»Ein guts stück wegs sind wir nun fro,

Basel soll vns sein ein gut zeychen,

Das wir noch Strasburg auch erreichen.

Dise statt frewt vns wol so sehr,

Als Orion die leut zu Meer:

Han wir den rauchsten weg erwunden,

Der weytest würd auch wol gefunden.

O Basel, du holtselig statt,

Die den Rein inn der mitte hatt,

Allda er nimt ein newen schwang

Gegen mitnacht vom Nidergang,

Du must gewiß sehr freüntlich sein,

Weyl durch dich freündtlich rinnt der Rein,

Darumb nach deiner freündtlichkeyt

Auff Straßburg freüntlich vns geleit.«

Hiemit stallten sie frische an,

Die furen für die Statt hinan

Vmb zehen vhr; da sah man stehn

Sehr vil volcks auff der Reinbruck schön,

Zusehen dise waghafft Gsellen,

Wie auff dem Rein sie daher schnellen,

Vnd verrichten eine solche that,

Die inn vil iaren niemandt that,

Damit sie solches jren Kinden,

Wan sies nicht glaubten, auch verkündten,

Vnd dabei jhnen zeygten an,

Wie küne arbeyt alles kan.

Als sie das volck nun allda sah

Durch die Bruck faren also gah,

Als ob ein pfeil flüg von dem Bogen,

Oder ein Sperwer wer entflogen,

Da rüfft es sie gantz freüdig an,

»Der Mächtig Got leyt sie fort an!

Der jnen so weht geholfen hat,

Der helfe jn weiter zu der Statt.

Ein solchen mut will Gott den geben.

Welche nach Rhum vnd ehren streben!«

Hinwiderumb thöneten sie auch

Mit den Trommeten scharff vnd rauch,

Das es gab so ein widerhall,

Als thät ein Baum im thall ein fall,

Dan vom Rhudern vnd gschwindigkeit

Ward der thon gbrochen vnd verleyt.

Das volck het kaum ir wunsch verricht,

Verlor das Schiff sich auß dem gsicht.

Demnach nun Basel war fürvber.

Sah die Geselschaft Brisach lieber,

Aber bei Ißstein, einem schlos,

Welches zerstört steht, öd vnd bloß,

Wolt sich erst auch ein Strudel sträuben

Vnd thät gros wällen da auftreiben.

Jedoch die Gsellschafft es veracht,

Vnd sprach: »Es het gleich so vil macht,

Als dis Schloß, bei dem er her strudelt,

Welchs zu der Wehr war gar verhudelt:

Konten wir Strudelberg durchtringen,

Wir wölln auch Hügel vberspringen;

Kan vns den Mut kein hitz zerspalten,

Würd den kein Eisstein nicht erkalten.«

Trangen demnach auff Newenburg,

Ein Stättlein, so bedarff gros sorg,

Dieweil der Rein mit seinem lauff

Tringt also starck vnd hefftig drauff,

Vnd laßt sein macht so streng da schawen,

Das man jn nicht gnug kan verbawen;

Hat mit der weil auch mit sein güssen

Der Stat ein gut stück hingerissen,

Welchs die Geselschaft thät betrauren

Vnd baten den Rein vm bedauren,

Das er sein zorn wöll lan verflisen

Vnd sie einmal der Rhu lan gnisen.

Weil sie noch reden dise Wort,

Stis sie der Rein auf Preisach fort,

Welche Statt an eim Berg sich hällt,

Von deren Brißgaw wurd gemelt,

Vnd lag etwa mitten im Rein,

Daher es schein Elsassisch sein.

Als sie dieselbig sahen weit,

Da gab es jnen mut vnd freüd,

Dieweil da halber weg zu Rein

Von Basel soll auff Straßburg sein.

Vor grosser freüd, die sie empfiengen,

Die Rhuder des fertiger giengen,

Also, das sie eh kamen hin,

Dann sie es hetten inn dem sinn,

Nemlich vngefär zu zwey vhren,

Welche, als die Burger erfuhren,

Lieffen sie zu, die zu beschawen,

Die grose Flüß zu zwingen trawen,

Welches, als sie besehen hatten,

Lobten sie jhre mannlich thaten,

Das sie ein solchs beynah vollbrächten,

Welchs sein vnmüglich vil gedächten,

Derhalben werd man sie auch Preisen,

Allweil Preisgaw vom Preis würd heisen.

Nach dem nun sie auch an dem ort

Durch die Bruck furen glücklich fort,

Da manten sie einander wider,

Das man nun käcklich führ hernider,

Dieweil der Rein doch für sie wer

Vnd strenger nun zulauffen beger.

Aber je meh der Rein fort stis,

Je meh die Sonn jr kraft bewis;

Dann als sie mit jrn schnellen geulen

So hefftig inn die höh thät eylen,

Zu sein im Mitten zu Mittag,

Auff das sie da ausspannen mag,

Ward sie vom eilen so erhitzt,

Das sie nur feürstral von jr schwitzt.

Die schos sie hin vnd her sehr weit

So wol auff arbeitsame leut

Als müsige, auff jene drumb,

Das bald zu end jr arbeit kumb,

Auff dise drum, das sie empfinden,

Wie sich arbaitend Leut befinden,

Dan welchen die hiz thut gemalt,

Die stellen nach der Küle bald

Vnd fördern jre sachen meh,

Das sie diselb erlangen eh.

Fürnämlich aber schos jr stral

Die Sonn auf vnser Schiflin schmal,

Weil sie jm schir vergonnen thet,

Das es lif mit jr vm die wett

Vnd wolt jr nachthun jren lauf,

Mit jr gehn nider, wie auch auf.

Jdoch die manlich Raisgefärten

Achteten nichts der beschwärden,

Jr ehrenhitzig Rumbegird

Stritt mit der Sonnen Hiz vngeirrt,

Die äuserliche prunst am leib

Die jnnerlich prunst nicht vertreib,

Je meh erhitzigt ward jr Plut,

Je meh entzindet ward jr Mut,

Je meh von jnen der Schwais flos,

Je meh Muts jn die Rais eingoß.

Dan arbait, mühde, Schwais vnd Frost

Sind des Rums vnd der Tugend kost:

Das sind die staffeln vnd stegraif,

Darauf man zum lob steiget steif.

Mit müsiggang vnd gmachlichkait

Man kainen Namen nicht berait.

Die schimlig faulkeit vnd wollüst

Ligen vergraben inn dem Mist,

Aber von ernsthitzigem fleis

Mus der Stal schmelzen wie das Eis,

Vnd widerum durch stanthaft anhalten

Mus das Eis inn Kristall erkalten,

Gleich wie auch von der Sonnen gschicht.

Wie man im Schweizergbürg oft sicht.

Mit der wejs kan ain stanthaft Man

Eben dis, so die Sonn auch kan.

Wie solt dan solchen stanthaft Freunden

Die zu der Arbait sich verainten,

Die Sonn nun etwas angewinnen,

So sie doch jre Kunst auch künnen?

Vnd, gleich wie sie die Erd erhärt

Vnd das Wachs erwaicht vnd versert,

Also zu troz dem Sonnenstral

Erhärten sie gleich wie Kristall,

Vnd die müh, welche scheint Kristallen,

Waichen sie, das sie mus zerfallen,

Vnd halten nur der Sonnen stich

Für anmannung, zu fördern sich;

Dan wer schön Wetter haben will,

Mus leiden, das er die Sonn fül.

Derwegen, als die Sonn vermerkt,

Das nur jr Manhait wurd gestärkt

Vnd sah allweil das Schiff forteilen,

Da sorgt sie, sie möcht sich verweilen,

Das jr vileicht das Schiff for käm

Vnd also jr das lob benäm.

Derhalben, nicht halb ausgerhut,

Spannt sie frisch Pferd vor wolgemut,

Lis sich aus jrem guldnen Sal

Vnd rennt inn aim Kib ab zu thal,

Als wan vom Himel ain Feurstral

Schießt plözlich inn ain ferres thal.

Sie praucht sich auch so emsiglich,

Das sie bei Reinau inn vorstrich

Vnd zaigt sich dem Schiff auf den seiten,

Im zu dem Wettlauf auszubieten,

Welchs dise Männer meh ermant,

Das waidlich sie anlegten hand,

Fürnämlich da sie daucht von ferr,

Wie ain neu gstirn in forschin her

Vom widerschein der hohen spitzen

Des Thurns zu Strasburg durch hell plitzen,

Die auf der spiz die Sonn erregt,

Auf das sie die Gselschaft bewegt

Vnd also gleichsam mit jr scherzt

Vnd sie zufaren macht beherzt.

Dan jr der Kib vergangen war,

Als sie ward jres vortails gwar,

Vnd lis die Pferd gern langsam traben,

Meh kurzweil mit dem Schiff zuhaben,

Welchs mit jr vngewonter weis

Auf dem Rein wett lif vm den preis,

Dan grose händel vnterstehn

Würd so wol globt, als sie begehn.

Aber sie mußt hernider eilen,

Die Erd sich lasen zuerkülen

Vnd sich selbs im Mör zuerfrischen

Vnd den feurig Schwais abzuwischen.

Jdoch zulezt, eh sie verlauf,

Sprang sie zu etlich malen auf

Hinter den Bergen mit jrn plicken,

Zusehen, wie sie sich nach schicken.

Vnd als sie es sah schir vollpracht,

Sprang sie noch ains zu guter nacht,

Vnd befal die Gselschaft dem Rein,

Der sie lait gar inn dStat hinein,

Welches der Rein gar treulich that,

Vnd lis sich hören am gestad

Mit gröserm rauschen vor meh fräuden,

Das sie so nah der Stat zulaiten.

Sie lisen auch zu Lob dem Rein

Vnd zum zaichen, das sie da sein,

Die Trommen vnd Trommeten gehn,

Das es gab ain gros fräudengthön.

Sie dankten Got auch sonderlich,

Der jnen hat so gnädiglich

Sein Gschöpf zu der fart dinen lon,

Die Wasser, Wetter, vnd die Sonn,

Vnd sie vor aller gfahr bewart,

Auch in kräft geben zu der fart.

Drauf hat der Rein sein abschaid gnommen,

Auf das er bald inns Mör möcht kommen

Vnd im die fremde zeitung pringen,

Wie er vm rum werd mit jm Ringen,

Weil man auf jm fahr auch so gschwind,

Dazu on Segel vnd on Wind.

Doch zu Strasburg an der Reinprucken,

Da hat der Rein gesucht ain lucken

Von altem her hinein inn d Stat

Mit aim Arm aus sondrer libthat,

Nicht allain drum, das sie die Ill,

Davon man Elsas nennen will,

Samt der Preisch lait zum Haupt, dem Rein,

Vnd also mit der Stat verain,

Sonder auf das der Rein zugleich

Durch disen Arm der Stat fein raich,

Was jnen würd gefüret zu,

Es auszuladen mit guter rhu,

Vnd durch den Arm, genant der Gisen,

Die Schiff wie inn ain Port darflisen,

Vnd die Freund, so sie bsuchen wöllen,

Mögen inn mittler Stat ausstellen

Zum selben Gisen sie anfuren

Vngefär vm die sibend vren

Weil man aber vor hat vernommen,

Das die Geselschaft an solt kommen,

Auch etlich Gwett drauf waren bschehen,

Wa man sie heut würd kommen sehen,

Da stund vom Gisen zwar herauf

Zum Kaufhaus zu ain solcher hauf

Von Mann vnd Weibern, Jung vnd Alt,

Das es sah wie am Gstad ain Wald,

Welcher hauf, als ers sah herkommen

Mit jren Trommeten vnd Trommen,

Da sprach er: »Allhie sind die Leut,

Die wir heut han erwart so weit,

Hie sind diselben Aidgenossen,

Welche vollbrachten, was sie bschlossen.

Wer will forthin meh können sagen,

Das Arbait nicht könn als erjagen,

Weil sie aus vir Tagraisen heut

Hat ain gemacht vnd nah das weit,

Vnd gzaigt, das Nachbarn nicht allain

Auf etlich zwanzig Meilen sein,

Sonder treisig, ja sechzig Meil,

Wan man nach der Rais rechnen will.

Dis sind recht Nachbarn, die wol weit,

Doch, wan sie wollen, nah sind heut,

Vnd Nahen Nachbarn auch zugan,

Vnd sich kain müh dran hindern lan.

Wie solt man nicht als guts den trauen,

Die kain müh noch not hat gerauen,

Jr Nachbarn zubesuchen weit:

Was thäten sie zu andrer zeit?

Darum sind sie vns wol willkommen,

Die vns zu lib solchs für hant gnommen.

Billich thun wir jn an all Ehr,

Die vns zur Ehr auch kommen her.

Got wöll die libe Nachbarschaft,

Ain Stat Strasburg vnd Aidgnosschaft,

In stäter freuntschaft stäts erhalten,

Wie sie besteht noch von den Alten.«

Dis vnd dergleichen sagten da

Die Burger, vnd was jn zusah

Desgleich die Gselschaft, sehr erfräut,

Das man jr wart mit solcher fräud,

Sprachen: »vmsonst ist nicht die müh,

Weil man mit dank verstehet die,

Wer wolt den nicht zu lib was thun,

Die liblich ain empfangen nun?

Haben wir anders nichts davon,

Tragen wir doch den Rum zu lon;

Wer aber nichts vm Rum darf wagen,

An dem mag man der Ehr verzagen.«

Inn dem furen sie fort im Gisen,

Da sie die Kinder willkomm hisen,

Den wurfen sie nach altem sitt,

Welches bedeutet dank vnd frid,

Jr Zürchisch Brot, gnant Simelring,

An das Gestad, das mans empfing.

Das wärt hinauf das ganz gestaden,

Dan sie vor hatten eingeladen

Trei huntert solcher Semelbrot,

Welchs, wann man bei den Alten bot,

Deits Gastfreihait vnd Freuntlichkait,

Darvon die Schweizer sind beschrait.

Folgends, als aus dem Schiff sie gingen,

Zwen Herrn des Rhats sie da empfingen

Von wegen ainer Oberkait,

Welche sich jrer ankonft fräut, /

Die also wunder glücklich sei

Vollpracht aus Nachbarlicher treu,

Welche besuchung sie nun mehr

Rechne für gros Freuntschaft vnd Ehr

Iren vnd jrem Schiessen gschehen,

Darfür man jren dank soll sehen

Vnd jren fleis, stäts zuerfüllen

Den Alten Nachbarlichen willen,

Wünschend, das gleich wie die Schiffart

Glücklich vollpracht wer und bewart,

So glücklich besteh jderzeit

Der baiden Stätt lib, freuntlichkeit.

Nach geendter Red führt man sie all

Mit Trommen vnd Trommetenschall

Aufs Ammaisters Stub zu dem Essen.

Da vil Volks war zu Tisch gesessen

Von Burgern vnd fremd Schützen zwar,

Die jrenthalb warn kommen dar.

Auch erschinen jn da zu Ehren

Stätt vnd Ammaister vnd Rhatsherren,

Die zwischen sich zu Tisch sie sezten

Vnd mit gespräch vnd Speis ergezten,

Desgleichen auch mit Musicspilen,

Vnd was sie wußten jn zu willen.

Sie lisen auch gleich pringen dar

Den Hirs, der zu Zürch kochet war,

Vnd lisen des auf jden Tisch

Ain Platt voll tragen, warm vnd frisch,

Dessen sich mancher gwundert hat,

Wann er jn an Mund prennen that.

Hatten drob mancherlei gespräch,

Das jn des kurzer wurd die Zech,

Sagt jder auch von seinen Raisen,

Vnd wolt das sein vor allen preisen,

Doch lobet mehrthails dise Rais,

Die jnen den Hirs lifert hais,

Vnd preißten die Züricherknaben,

Das sie so wol sich gprauchet haben,

Desgleichen auch die Aidgnosschaft,

Die jn den Abend frölich schaft.

Man sprach auch zu den Schiffartgsellen,

Das sie sich frölich wolten stellen,

Diweil man vm ergezlichkait

Wer zsamen kommen also weit,

Vnd sie geländt weren an dem ort,

Da gut sei der Hafen vnd Port,

Wie Glückhaft sie zu schiffen weren,

So freuntlich soltens sichs erklären,

Dan man sagt, wem das Glück wol will,

Der danzt auch on ain Saitenspil,

Vnd welchen das Glück an thut lachen,

Der kan auch andre lachen machen.

Auch darum erfräut ain das Glück,

Das er auch ander Leut erquick,

Dan gwislich ist vnfreuntlichkait

Ain stück der vnglückseligkait.

Dis sei der freuntschaft aigenschaft,

Zur fräud herzhaft, zur not standhaft;

Sie solten mit Wein külen nun,

Was heut verprennet het die Sunn,

Vnd solten jtz zu lib dem Rein

Auch trinken Rain den Reinischen Wein;

Sie solten nun die Bächer vben,

Gleich wie sie heut die Ruder triben,

Vnd werfen auf ain Glückgeschirr,

Welchs jres Glückschifs Namen führ.

Dergleichen mocht man jn zusprechen,

Nach der Freund Ehren Fräud zurechen,

Demnach von Freud gnant sind die freund,

Gleich wie von Fehde sind die Feind.

Hierauf die Gselschaft sich erzaigt

Wie Freund, zu freundlichkait genaigt,

Erwis von wegen jrer Stat

Das Herz, so sie zu Strasburg hat,

Vnd wie sie noch die Alten weren,

Die Nachbarschaft zuhalten bgeren.

Nachdem das Mal nun war vollend,

Lait sie inn jr bstellt Losament

Zum Hirzen die Herrschaft der Stat,

Da die Gselschaft jr Rhu dan hat.

(Donnerstag, den 21. Junij.)

Folgenden tag führt man sie hnaus

Auf den Schießplan ins Neu Schießhaus,

Zaigt jn herum den ganzen Plan,

Baid Zilstätt, vnd was drum vnd dran.

An allem gful jn der gros fleis.

Fürnämlich am künstlichen Ghäus,

Welches den Armprostrain vmfing

Nach disem mann inn dHerberg ging.

Nach Mittag die geordnet Herren

Zaigten, was sie mochten begeren,

Als das berümt herlich Zeughaus,

Ain Klainot diser Stat voraus,

Burgern vnd Freunden zu aim Schuz

Vnd den Feinden zu ainem truz.

Dan tröstlich soll man sein den Freunden

Vnd schrecklich zu der not den Feinden,

Jens, das man meh Freuntschaft erreg,

Dises, das man Feintschaft zerleg.

Auch zaigt man jn aus sondern treuen

Die Speicher vnd die Kellereien.

Vnd als der Tag ward hingepracht,

Ging man auf dSchneiderzunft zu nacht,

Dan sie dahin lud, das man käm,

Von Zürch der Burgermaister Bräm,

Weil daselbs wern losiret ein

All Eidgnoßschützen, die da sein.

(Freitag, den 22. Junij.)

Am Freitag führt man sie darnach

Inn das Münster, da man besah

Das künstlich Vrwerk, ganz vollkommen,

Desgleich man nicht vil hat vernommen,

Darab man spürt, wie Künstlichkait

Auch werd halt dise Oberkait.

Dan nichts zirt aine Stat so sehr,

Als ehrlich Künst vnd gute Lehr,

Diweil sie weislich füren, lenden

Die Jugend fein inn allen Ständen,

Daher jung Leut, wol angewisen,

Das Lebendig Gmäur der Stat hisen.

Folgends man auf den Thurn hoch stig,

Das man das schön Gebäu erwig.

Da ward auf des Thurns höchsten plon

Angericht ain Collation,

Vnd demnach inn das Chor gegangen,

Da man besach mit gros verlangen

Das Ainhorn, welchs acht schuch lang war,

Ain herliches Klainot fürwar.

Nach Mittag gingen sie gleich all

Auf die Pfalz, Canzlei vnd Marstall;

Folgends inns Spital man sie lait,

Da ain Abendtrunk war berait,

Auch Wein von Hundert virzig Jar,

Welchem doch groet noch kain Har.

(Samstag, den 23. Junij.)

Am Samstag, da man jnnen ward,

Das die Gselschaft wolt auf die fart,

Da dankten jn die Herren sehr

Der Fräudenbesuchung vnd Ehr,

Vnd das sie nun erneuert hetten,

Was vor längst jr Vorfaren theten

Aus Nachbarlichem willen gflissen,

Dessen sehr grosen dank jn wissen

Ain ganzer Rhat samt der Gemain,

Vnd sind genaigt, solchs nicht allain

Vm ain ganzen Ehrsamen Rhat

Zu Zürich mit ir möglichster that,

Sonder besonder vm ain jden

Zubschulden mit gonst, Ehrerbiten,

Auch zu gedächtnus der Schiffart

Den Hafen, darauf gwettet ward

Vnd wog huntert vnd zwanzig pfund,

Aufzuheben, das es werd kund.

Ferner auch zu Steifer bezeugung

42/95

Irer ganz Nachbarlichen naigung

Zu Zürch vnd alln innsonderhait

Sei jdem ain Fanen berait,

Mit der Statt wapen fein gezirt,

Wie der aim guten Schützen gbürt,

Den werd man ainem jden raichen,

Zu jrer Rais glückhaftem zaichen;

Dan weil sie könten so geschwind,

Als ain Pfail von Armprost verschwind.

Von Zürch gen Strasburg fliesend schiesen,

Solten sie billich des genisen,

Gleich wie ain andrer Schüz des gnießt,

Wan er zu dem Zweck gewiß schießt,

Weil sie den Zweck, jn gsetzet vor,

Nämlich Strasburg, erraicht han zwar.

Dan dis ain gwisser Schütz wol haißt,

Der das erraicht, nach dem er raißt,

Vnd kan das vnstät Glück noch zwingen,

Ine, dahin er sinnt, zupringen.

Auch wöll man der Statt zugedenken

An jden Fanen dazu henken

Ain Atlasseckel, vnd darinnen

Fünf Denkpfennig, solchs lang zusinnen.

Nach disem man die Gselschaft nam

Vnd aufs Ammaisters Stub gleich kam

Vnd da die Lez mit jnen as

Vnd kainer Freuntlichkait vergas,

Mit gutem gspräch, mit tranck vnd Speis,

Mit Music auf vilerlai weis.

Als nun der Imbiß war geendt

Vnd der dank nach gebür vollend,

Da fand die Gselschaft sechs Rollwägen

Vor jrer Herberg gleich zugegen,

Darauf sie furen hin mit fraüden,

Vnd thaten sie vil Herrn gelaiten

Meh dan auf treisig Pferd hinaus,

Auch Stätt- vnd Ammaister voraus.

Und als sie bei die Markpruck kamen,

Die Herren da ir Vrlaub namen

Mit vberraichung Wein vnd Prot,

Welchs man jn inn die Wägen bot.

Da ging die rechte lez erst an,

Ider wolt sein zugdenken lan,

Vnd entdecken sein herzlich treu.

Fürnämlich sagt die Gselschaft frei,

Sie wolt bei Treu der Aidgenossen

Bewisen Treu Vnbschuld nicht losen

Vnd forthin Strasburg Trausburg haisen,

Vnd die Trau bei Nachkommnen preisen,

Auch dise Fanen, jn gegeben,

Zu gdächtnus solcher Treu aufheben

Vnd die Denkpfennig stäts anhenken

Kindskinden, Strasburg zugedenken.

Secht, was die Treu hat für gros kraft,

Die ain stark Freuntschaft stärker schaft.

Deshalb sich Teutscher Treu geflissen,

Vm die stäts warn die Teutschen gprisen,

Vnd welcher aus der art will schlagen,

Den soll kain Teutschen sein mann sagen.

Als man sich nun het gnug gelezt

Mit gspräch, wunsch, grus vnd trunck ergezt,

Auch gwünscht, das sie zu land glück heten,

Gleich wie sie zu Schiff haben thäten,

Fuhr die Geselschaft auf Bennfelden,

Da sie diselbig Nacht einstellten.

(Sontag, 24. Junij.)

Morgens tags, als die Sonn herschein,

Kam die Geselschaft vberain,

Mittags zu Schletstatt auszuspannen,

Schickten deshalben vor von dannen

Ain Soldner, welcher solchs bestellt;

Dan jnen worden zugestellt

Zwen Soldner von Strasburg der Statt,

Deren der ain den Befelch hat,

Das er solt der Furirer sein,

Der ander solt biß Zürch hinein

Zalen baides für Roß vnd Man,

Welchs da baid Soldner han gethan.

Doch theten von Schletstatt die Herren

Der Gselschaft da den Wein verehren.

Von dannen sie auf Kolmar raißten,

Da jn die Herrn gut Gselschaft laisten.

(Montag, den 25. Junij.)

Auf Montag sie auf Enßhaim zugen

Vnd fortan jr Nachtläger schlugen

Bei den Aidgnossen zu Mülhausen,

Die sie mit fraüden da behaußten,

Lößten sie kostfrei von dem Wirt

Vnd hiltens, wie Aidgnossen gbürt,

Dan sie zu Habsen zu Mittag

Sie auch frei hilt folgenden tag;

Darum es wol Milthausen his,

Diweil sie sich sehr milt erwis.

(Zinstag, 26. Junij.)

Als folgends sie auf Basel kamen,

Die Basler sie sehr bald vernamen,

Vnd wie sie jnen vor mit schiessen,

Als sie vorschifften, Ehr bewisen,

Also bewisens sie nun auch

Vnd schosen, das es gab ain rauch.

Es war von Volk ain gros geträng,

Als sie einfuren, von der mäng,

Sah die Fanen mit lust voraus,

Die sie steckten zun Wägen aus.

Daselbs geschah jn auch vil Ehr

Mit Ehrenwein vnd anders mehr.

(Mitwoch, 27. Junij.)

Morgens frü schickt man hindersich

Die Wägen, die jn Nachbarlich

Die von Strasburg gaben bewärlich,

47/95

Vnd verlezten die Fuhrleut ehrlich.

Nachgehends auf die Pferd sie sasen

Vnd zu Mumpf gleich zu Mittag asen.

Zu Pruck den Nachtimbiß sie namen,

Da man jn schenkt den Wein allsamen.

Daselbs sie vberain all kamen,

Das sie auf Morn den Imbis namen

Zu Altstetten, von Zürch nicht weit,

Vnd folgends jder sich berait

Im Schützenhaus mit seinem Fan

Vnd inn die Statt fortzih als dan,

(Donnerstag, 28. Junij.)

Inn welchem sie auch so fortfuren

Vnd zogen ein fast vm zwo vren

Mit Fänlin fünfzig vir, mit fraüden

Samt den zwen Soldnern, die sie laiten,

Die man vir tag hilt auf zur hand,

Biß man sie wol verlezt haimsant.

Der einzug war lustig zuschauen,

Baides von Mannen vnd von Frauen,

Vnd gleich wie hofnung sie ergezt

Vor, als das Schiff sich hat gelezt,

Also fräut sie jzunt vil mehr

Die vollbracht Schiffart vnd jr Ehr.

Sie sprachen: »Nun würd man am Rein

Der Aidgnossen stäts eingdenk sein,

Man würd dannoch von Zürchern sagen,

Das sie zu Land vnd Schiff sich wagen,

Vnd das gwis Zürch müs sein glückselig

Vnd Strasburg gwis nicht vnglückselig,

Diweil die Stras auf Strasburg je

Ganz glückhaft sei, wie man spür hie,

Inn dem das man zum zwaitenmol

So glücklich Schiff zusamen wol.

Hie sicht man, warum Got die Flüß

Geschaffen hat: nur darum gwis,

Damit man durch jr mittel weg

Nachbarschaft besuch, halt vnd pfleg.

Wie man dan lißt, das ob den Pronnen

Vnd den Bächlin sich hab angsponnen

Der Menschen erstlich Nachbarschaft,

Daraus kam Sipschaft, Schwagerschaft

Vnd folgends Dörfer, Flecken, Stätt,

Wie es noch gibt die täglich Red,

Das man spricht: wir sind Nachbarn nach,

Wir schöpfen Wasser aus aim Bach.

Drum wir die Aar vnd Limmat preisen,

Die vns den Rein zum Nachbarn weisen,

Auch preisen wir euch Zürcherknaben.

Die solche Nachbarn gsuchet haben,

Vnd Got geb, das die Nachbarschaft

So lang inn Freuntschaft pleib verhaft,

So lang die Ström zusamen flisen

Vnd vnder ainander sich begrüsen.

Got geb euch, liben Eidgenossen,

Die jrs gewagt habt vnvertrossen

Vnd nun glückhaft trett hie herein,

Vil Hails zu Land, gleich wie zu Rein.

Jr seit ja wol der Fanen werd,

Weil jr ersigt, was jr begert,

Vnd habt ain ehrlichs Lob geschaft

Dem Vaterland der Eidgnosschaft.

Got wöll auch ewig segnen die,

So die jn zu lib ghabte müh

Vnd Nachbarliche Freuntlichkait

Haben erkant mit dankbarkait:

Got wöll die Statt Strasburg erhalten,

Die vorlängst ward geehrt von Alten

Vnd die die jung Welt nun auch ehret,

Das jr Ehr vnd Lob ewig wäret,

Das sie, gleich wie jr Namen deit,

Ain Burg sei Türes Rhats allzeit,

Vnd Zürich von Rum, Tür vnd Rich

Vnd baid bei Got Reich ewiglich.«

Solchs vnd dergleichen etlich redten,

Etlich es haimlich wünschen theten,

Biß das der Abend herein trung,

Das jder frölich haim

zu gung.

Nvn, es will mir auch Abend werden,

Mein Stern naigt sich nun auch zur Erden,

Apollo, der Poeten Freund,

Will auch nit wider kommen heunt,

Mercurius, der Redkunst hold,

Plinzelt, als ob er schlafen wolt,

Derhalben will ich auch mein schreiben

Zu gnaden lasen gahn vnd pleiben

Vnd nun zu lezt dem liben Schiff,

Welchs gschwinder dan mein Feder lif,

Vnd der Geselschaft, die vil mehr,

Als ich kan schreiben, erlangt Ehr,

Wünschen, das sie Rhumshalb empfangen,

Was der Held Jason thät erlangen

Samt seinem Schiff, Argo gehaisen,

Nämlich, das man sie lang mög preisen,

Diweil sie vnterstunden mehr,

Als des Jasons Gselschaft zu Mör,

Bedacht, das sie kain bhelf nicht haten

Von Winden, die sie treiben thaten,

Noch Segeln, die sich treiben lisen,

Davon wie ain Delphin zuschiesen,

Sonder durch kecken Mut allein

Vnd vbung starker Arm vnd Bain

Fuhren sie als vom Windsgewalt

Vnd als von Segeln fortgeschalt.

Auch sinds nach kainem Gold geraißt,

(Wie solchs das Gulden Vellus haißt),

Sonder nach Rum vnd Freuntschaft ehrlich,

Das war jr Gulden Wider herlich,

Vnd haben solchs fridlich ersigt,

Nit wie jene durch gwalt erkrigt.

Drum hat meh Rum die Zürchisch freuntschaft,

Dan die Jasonisch Argisch gmainschaft.

So las ich andre nun beschreiben

Die Mörschiffart, die vil aufreiben,

Ich aber hab ain Glückschiff bschriben,

Welchs das Glück selber hat getriben,

Von dem man sagen würd, allweil

Strasburg von Zürch ligt treisig Meil.

Himit schüz Got die Aidgnosschaft

Vnd jre libe Nachbarschaft.

Die Namen der Herren vnd Freund des Glückhaften Schiffs von Zürich.

Herrn des Rhats waren: Caspar Thoman. Johan Escher. Johan Zigler. Sixt Vogel. Hainrich Wunderlich.

Herrn der zwai hundert: Georg Ott. Felix Schneberger. Caspar Wüst. Georg Fiez. Hainrich Widerker. Johan Stampfer.

Burger: Georg Keller, Medicus. Jacob Bindschädler. Hans Conrad Escher. Hans Jacob Schmid. Wolf Diterich Hartman. Abraham Geßner. Conrad vnd Caspar Pluntschli. Christoff von Lär. Johan Schwitzer. Rodolf vnd Felix Schüchtzer. Diethelm Wis. Caspar Wüst der Jünger. Heinrich Asper. Andreas Kippenhan. Johan Heinrich Zigler. Rodolf Wägman. Jacob Locher. Johan Bartolme Käufeler. Johan Christen. Georg Straser. Heinrich, Jacob, Ludwig vnd Rodolf Waser. Adrian Zigler. Huldrich Schwiter. Johan Wunderlich. Hans Peter vnd Hans Huldrich Lochman. Jacob Weisling. Fridelin Wis. Johan Ringli. Thomas zur Linden. Felix Pantli. Johan Sturm. Trei Trommeter: Salomon vnd Hans Selbler, Thomas Eberhart. Zwen Trommenschlager: Hans Asper vnd Hans Ersam. Johan Mülli, ain Pfeiffer.

Schmachspruch aines Neidigen

Schänders, denen von Zürich, vnd andern jren Eidgenossen, auch dem Ehrlichen Strasburgischen Hauptschiessen, zu verachtung gedichtet.

Gros wunder mus ich sagen fry,

Mit gunst zumelden von aim Bry,

Der droben inn dem Schwizerland

Noch dan gekocht on Wiber hand,

Kostlich von Milach zugerüst

Inns Elsas chon ist diser frist,

Als zu Strasburg das Schiessen war.

Het schir gesagt das Jubeljar,

Darnach gesänt hat mäniglich,

Auch jren vil vermessen sich,

Wanns nur so lang das leben han,

Das dis Schiessen möcht fangen an

Vnd solch kurzweil beschähen all,

Alsdan so wöllends inn dem fall

Gar geren sterben. Ach der Narren,

Die nichts gesächen noch erfaren,

Vermeynen schlecht, die göucheri

Der gröst Triumpf vf Erden sy,

Vnd gaffens mit verwundern an,

Hands Mul vnd Nasen offen stan!

Doch meyn ich, das dus wüßtest, die

Jr lebtag witer kamen nie

Dan biß an Rin vnd Ruprechtsouw,

Vnd wann jn nicht alsbald die Frouw

Ein frisch Hembd hat geschickt hernoch,

So hebt sich an ein grose schmoch.

Ich glaub, du loser Balg, meynst fry,

Das ich ein schlimmer Schuster sy,

Wyl du mir nicht hast nochgesend

Ein par söcklin vnd wyses Hemd.

Hieneben will ich dis wenden lan

Vnd minen Hirspry richten an.

Die Schwizer kamen hrab den Rin

Gefaren biß gen Strasburg yn.

Zum schiessen fry dieselben Chnaben

Den Pry so warm mit sich bracht haben

Von Zürch herab wol virzig myl

Vf schneller Post, Datum inn yl,

Der ist inn einer hiz gebachen.

Sind das nicht treflich selsam sachen?

Hör wunder vber wunder zu:

Ein Pry würd vs dem Land zu Mu

So warm biß ghon Strasburg brocht,

Wer hets sin lebtag je gedocht,

Das ein Ku solt mehr schysen dan

Ein Nachtigall. Nun witer dran.

Ein vberscheyd sie machen lasen

Von holz, den Hafen drin zufassen,

Der war mit Kütreck wol beschmirt,

Also nach Strasburg wurd geführt,

Vnd brangen mit dem Hirsbry sehr,

Gleichsam es köstlich Heiltum wer;

Ward doch gekocht nicht wit vom See,

Da find des Kütrecks man noch meh,

Den man darunder hat gemengt,

Alsdan dazu auch Milch gesprengt.

Also von try gewychten sachen

Thät man dis Hailtum machen;

Vnd ward von Predigern consecrirt,

Von aller sentenz approbirt.

Als sie gehn Strasburg kamen an,

Da war groß fräud bi jderman,

Mit frolockung ein groß geschrey.

Das jetz ankomen wer der Prey.

Wie nun ein schön Oration

Vom Pry gehalten vnd gethon,

So habend sy jn presentiert

Dem Ammeister, wie siechs gebürt.

Doch weyß ich von dem Haffen nicht,

Drumb gib ich deshalb keyn bericht,

Glaub aber, das die Knaben

Den Hafen vßgedinget haben,

Dan er soll syn, wie ich vermerck,

Ein stuck der siben Wunderwerck.

Meynst nit, sie haben kunst getriben,

Das der Pry so lang warm sy bliben

Ein solchen ferren wäg vnd reyß?

Doch schin die Sonn sehr warm vnd heiß,

Das hat geholffen, das der Bry

So fein Küwarm beliben sy.

Wie werdents so manch ewig nacht

On allen schlaf han zugebracht.

Eh sie das wunderwerck erdacht.

Alsbald der Pry genomen an,

Ein grosser huf, Frauen vnd Man,

Den Bry beleitet inn proceß

Vfs Herren Stuben zum gefräß.

Daselbst mit Reverentz so bald

Würd er getheilt vß Jung vnd alt,

Vf alle Tisch gerings herum,

Damit es inn gedächtnuß kom,

Vnd darvon ässen jederman

Propter rei memoriam,

Das beid, Frembd vnd Heimsch, allsamen

Erkennen des Monarchen Namen,

Der diß Schiessen het angfangen

Vnd bei weß Regiment ergangen,

Darnach man ghabt so groß verlangen.

Was von dem Bry da vber bliben,

Damit hat man groß wunder triben,

Nämlich gar herlich Balsamirt,

Vf das es lang werd reserviert

Zur dächtnuß ewig diser sachen.

Wer wolt der Narren doch nit lachen?

Hand nun die Schwizer sollich schiessen

Nit wol verehrt, so laßt michs wüssen

Mit einem nagelneuen Bry?

Mir nit, das ichs hieß melkery!

Jetz merck die statlich gschenck vnd gaben.

Damit verehrt sind dise Knaben:

In ward ein Küflad höflich zwar

Zum Schauässen getragen dar

Inn jre Hütten oder Zelt

Vf dem Schießrein inn freyem Feld.

Ist das nicht grose leckery,

Ein Küdreck tuschen vm ein Bry?

Man solts jn zwar nit haben thon,

Dan es was verbotten jederman

Vf allen Zünften mit Mandieren,

Man solt die Schweizer nit vexieren.

Dabi will ichs nun bliben lan,

Das Schiessen ongefazet han,

Vnd inn die Sau ein stichschutz thun.

Wer mit will stechen, schick sich nun!

Notwendiger Kehrab

Auf aines vngehöbelten Neidigen Schandtichters mutwilliges vnd Ehrrüriges Spottgedicht, von der neulich in verschinenem Sommer zu Strasburg bei jrem Hauptschiessen, gepflegter Nachbarlicher besuchung vnd kurzweil, Ehrvergessener vnd schmälicher weis ausgestraiet.

Sol man dan ainem Wäscher schweigen

Vnd jm nicht seinen Pläuel zeigen?

Sol man aim Narren dan zuhören

Vnd jn nicht wie ain Narren bören?

Ja soll man ainem Schänder schweigen

Vnd jn der schand nicht vberzeugen?

Nain, sonder man soll solchen Plaudrern

Den Pläuel vm den Kopf wol schlaudern

Vnd jnen mit dem Kolben lausen,

Damit sie sich so häftig strausen.

Ja den Schändern sol man jr schänden

Selbs inn jr aignen Busen wenden,

Vnd wie vns lehret Salomon,

Dem Narren antworten zu hon

Nach seiner Narrhait, damit nitt

Er sich für klug halt nach seim sitt.

Derhalben kan ichs nicht erlasen,

Das ich nicht auch meß solcher masen

Ainem Närrischen Lumpenschwetzer,

Des Lands vnd der Stätt Ehrverletzer,

Der neulich mit aim Schandgedicht

Sich wider fromm Leut hat gericht,

Ja selbs wider sein Nachbarschaft,

Die Stat Strasburg vnd Aidgnosschaft,

Vnd wider vil fromm Redlich Schützen,

Durch sein vnflat sie zubeschmitzen,

Vnd hat also sein Erbar leben

Durch ain Schandschrift an tag gegeben,

Vnd sein wiz ausgschüt mit dem Prei,

Das man jn jzunt kent dabei.

So trett, du Preimaul, nun herfür,

Hör, wie man dir den Prei nun rür,

Du bist fürwar ain sauber Kunt,

Dein Prei hängt dir noch an dem Mund,

Die händ sind dir damit noch bsudelt

Vnd dein Schreiben gar mit verhudelt.

Derhalb geh hin vnd wäsch dich vor,

Vnd komm darnach vnd spiz das Ohr;

Dan man wol wais, das du dich hast

Mit deim Prei drum vermummet fast,

Auf das man dich nicht kennen soll

Vnd dich las laufen durch die Roll.

Drum wäsch dich, eh du jman schändst,

Vnd wisch das gsicht, eh ainen plendst.

Nun, da er dannoch gwäschen ist,

So sicht er etwas Schreiberisch,

Man mus jn dannocht nicht vexiren,

Er kan Notiren vnd koppiren,

Wir möchten sonst vns grob vergessen,

Dan er kain haisen Prei mag essen.

Nun weicht, das man jn sitzen las.

Mein Jackel, was hängt an der Nas?

Wie sollen wir nun Ehren dich,

Das den Prei rürst so säuberlich?

Gwis must deins Preies ain maul voll haben

Vnd dan zur Schelmenzunft fortraben,

Da krönt dein Nachbaur Murrnarr dich

Zum Obersten Treckrüttler gleich.

Willkomm, du schöner Katverrürer,

Du Oberster Mundpreiprobirer,

Man kent dich Reimendichter wol;

Verzeih mir gleichwol jzumol,

Das ich dich dauz: Ich mus die sachen

Auf gut Schweizrisch mit dir ausmachen.

Jedoch kanst mirs nicht vbel messen,

Diweil ain Schulsack hast gefressen,

Darauf Latinisch stund geschriben:

Tu Asine, der noch bist pliben.

So dauz ich dich auf dein Latein,

Welchs inn deim schandspruch oft mengst ein,

Doch auf gut Schreiberisch verrüret

Als approbiret, Reserviret,

Vnd da du als ain Treckordnirer

Rürst die Zürchische Consecrirer.

Dein Latein komt dich wolfail an,

Weil es auch an deim Prei muß stahn.

Aber du hasts villeicht feciret,

Das kain grob Schweizer es sentiret,

Oder du hast villeicht timiret,

Das man nicht den Katrütler spüret:

Diweil dich dan gibst selbst zu kennen,

Wöllen wir dir dein lob nicht nemmen,

Sonder dich lan den Rüttler pleiben

Vnd von deim gdicht nun etwas schreiben;

Doch auf gut Teutsch vnd kain Latein,

Dan was Teutsch anfängt, soll Teutsch sein.

Wie wöllen wirs aber anfangen,

Das wir nicht vngonst hie erlangen

Von vnserem sauberen Scribenten?

Ich wolt, ich könnt nach Murrnarr senden,

Dem würd er nicht für vbel haben,

Wann er jm sagt vom Nassen knaben,

Vnd rüfet jm den Wein wol aus,

Oder schickt jm die Säu zu Haus,

Diweil er sein Landsmannus ist

Vnd Zunftbruder zum faulen Mist.

Aber weil wir jn nicht ausgraben,

Mus er mit vns für gut wol haben.

So will ich nun gleich anfangs prangen,

Gleich wie er selbs hat angefangen.

Gros wunder mus ich sagen frei,

Mit gonst, vom Narren vnd seim Prei,

Den er jm hat im Elsaß kocht,

Das er damit die Schweizer pocht.

Dan da er sie sah Hirsprei Essen,

Wolt er jn zu laid Kükat fressen,

Wolt eh zu ainer Kupräm werden,

Dan das er zaigt Schweizer geberden.

Vnd zog dazu kain Händschuch an,

Wie sonst gezimt aim Schreiber dan,

Der zart Händ hat, auf das er nicht

Besudelt sein schön Narrengsicht.

Aber er hat geeilt so sehr,

Damit er zeitlich fertig wer,

Wan die Schweizer von Strasburg kämen,

Das sie sein Thorhait bald vernämen,

Das einen an der Thur vnd Ill

Also der giftig Neid verfüll,

Das jm die Menschlich speis erlaid,

Vnd sich wie ein Gauchkapfer waid,

Oder das jn der Neid so plend,

Das er nicht Kat für Prei erkent.

Seh, des ist sich zu wundern mehr,

Als dis, des du dich wunderst sehr,

Nämlich, das ain Mensch darf aus Neid

Dem andern Menschen nur zu laid

Aus Menschen zum Katkäfer werden,

Wie man dan sicht an deinen gberden,

Das dir das, so die Menschen speisen,

Mus (o der schand) ein Thirkat haisen,

Wie du es dan sehr oft vergleichst

Vnd an dem Kochen doch oft leugst.

Aber nach Kat stinckt dir dein Maul,

Drum mainstu, aller Prei sei faul.

Wa hastu dein verstand da stecken,

Der all ding wilt so gnau ausecken?

Soll dis ains Erbarn Mans witz sein,

Wie du wilt gsehen sein zum schein,

Vnd machst die Leut zum Viech vnd stir?

Warlich, vor witz wirstu zum Thir,

Vnd ist ains Katrüttlers vernunft,

Welche gehört inn dSchelmenzunft,

Ja einer Roßpräm sie zu steht,

Die inn Roßfeigen nur vmgeht.

Ain schand ists von aim solchen Man,

Der sich nimt für ain Glehrten an;

Glehrte han deiner sehr gros Rum,

Gleich wie des Knoblochs aine Plum.

Im Roßstall magstu han gstudirt,

Daselbs man also Kälberirt,

Vnd nicht bei vernünftigen Leuten,

Die dis nicht für vernünftig deuten

Bistu so mächtig gros erfaren,

Das gantz Länder schiltst vnerfaren,

Vnd waist noch nit, was kurtzweil ist

Wie man diselb zur fräud zurüst?

Vnd das man alsdan vil fürnimt,

Welchs sich zur ander zeit nicht zimt?

Vnd das, wan man ain lad zur fräud,

Sich anders erzaigt als zu laid?

Oder bistu derselb Fantast,

Dem dWitz thut so gros vberlast?

Das sie dich vor ängstigen anschlägen

Nicht lachen laßt, noch fräudig regen?

Man sicht wol nain an deim gedicht,

Das du nicht hast so ernsthaft gsicht,

Weil eh zu Kükat machst den Prei,

Nur das du habst zu Kälbern frei,

Sonder aus angenommenem Neid

Hassest die kurtzweil frommer Leut,

Vnd thust wie alle giftig Spinnen,

Die das gut inn gift kehren künnen,

Vnd nimmer jnen gfallen lasen,

Was dise machen, die sie hassen.

Aber der Gneidet pleibt zu laid

Dem Neider, das er drob abwaid.

Ja, bistu also hoch erfaren,

Das du vil Völcker hältst für Narren,

Vnd waist nicht oder wilt nicht wissen,

Warum angsehen sind die Schiessen,

Vnd wie man gmainglich drauf erscheint,

Nämlich als Nachbarn vnd gut Freund,

Mit allerhand erfundner fräud,

Zu bzeugen all Gutwilligkait?

Ja, bistu also glidert wol,

Das du hältst jderman für Toll,

Vnd waist nicht, das es nicht ist Neu,

Zu wetten auf ain haisen Prei,

Inen an weit ort Warm zu lifern,

Dan solchs noch gmain ist vilen Schiffern

Vnten am Rein vnd Möranstösen,

Wie ich wüßt vil Exempel dessen.

Aber was darf mans vil bewären?

Wie mancher Bot kan dirs erklären,

Das er auf wettung hat inn Eil

Warm Speis gebracht vber vil meil?

Ja hetst nur ain alt Weib gefragt,

Es het dir vileicht auch gesagt,

Das gleicher gstalt vor huntert Jaren

Die von Zürch sint gen Strasburg gfaren,

Vnd wiwol auch weis Leut da waren

Vnd mehr, als du, Nasweis, erfaren,

Waren sie doch nicht Tadelsüchtig,

Das sie gleich hilten für gantz nichtig,

Was zur vbung, stärck, gschwindigkait

Vnd Nachbarlichem willen lait.

Auch, wie sehr es dich nun vertris,

Vnd ob der Prei dirs hertz abstis,

So ist es dannoch wunderlich,

Inn kürtz zuthun ain solchen strich,

Nämlich, auf treisig Teutscher Meilen

Inn neunzehen stunden ereilen,

Fürnämlich durch solch gfärlich Flüß,

Wie Limmat vnd der Rein ist gwis.

Dan was selten pflegt zugeschehen,

Das ist auch wunderlich zusehen,

So wol als dis, welchs vor nie gschah

Oder welchs mancher vbersah.

Troz aber, bist so hoch erfaren,

So wett ich mit dir auf den Narren,

Wa mir ernennst an Ill vnd Thur,

Der desgleichen Schiffart erfuhr,

Vnd solchs zuthun hab vnterstanden,

Als hie die Zürchisch Bundtsverwanten.

Wan es dir dan vngwonlich war,

Was schiltst dus dan so hönisch gar?

Oder schmackt dir nichts als dein Feigen,

So wolt ich, das dus müst bezeugen.

Jdoch, weil die Schiffart verachtst,

Denck ich, das du es drum verlachst,

Diweil du mit geschwinderen griff

Fuhrest inns Branden Narrenschiff

Inn Narragoni vnd Schlauraffen,

Da du dan allzeit hast zuschaffen,

Vnd im Hafen rürst den Compaß,

Davon dir voll ist Mund vnd Nas.

Vor solcher deiner Narrenfart

Verstehst nicht, wa der Weis hinfahrt,

Vnd nicht desminder, ob dir auch

Der Neid zerreissen solt den Bauch,

So must dein hertzenlaid doch sehen,

Das solche Schiffart ist geschehen,

Vnd zur not, wa es Got thät schicken,

Noch möcht ainmal zum besten glücken,

Vnd je gschwinder die Schiffart ist,

Je laider gschicht dir auf deim Mist,

Vnd je stärcker die Schweitzer rudern,

Je meh mus dich der Neid erschudern.

Würd doch dein armer Neid nit hindern,

Das Nachbarn jren willen mindern,

Vnd freuntlich raisen nicht zusamen,

Welches kain fridsam Leut verdammen

Dan solch Misthummeln, wie du bist,

Die stäts vnruig sint im Mist

Vnd gern haben, das der Kat stinck

Vnd alles inn ain haufen sinck.

Ei liber schöner Guck inn Hafen,

Was mainstu dan mit deinem strafen?

Mainst, das vm dein Preimaulitet

Gehalten werd darinn für schnöd

Die Gsellenschiffart zu den zeiten

Bei vernünftig erfahrnen Leuten?

Nain, sonder man wurd sie mehr achten,

Je meh solch Neidhund sie verachten,

Diweil weis Leut der Neid nicht plend,

Sonder sehen auf das gut End,

Welchshalb die Schiffart an war gsehen,

Als vm Freuntschaft, so nit zuschmehen.

Zu dem, allweil der Rein wurd reissen

Vnd die Limmat jr Tück beweisen,

Allweil wurd man die Schweizer loben,

Das sie, vngeacht baider toben,

Baid Flüß hant jnen gfolgig gmacht

Inn eil durch streng arbaitsam macht,

Durch Handvest vnvertrossenhait,

Wie dan gezimt Aidgnossen Leut,

Sintemal man nicht hat erfaren,

Das ob der Ill vor disen Jaren

Solch Wagstück Leut begangen haben

On die, wie dus nennst, Schweizerknaben.

Du magst sie spotsweis Knaben haisen,

Seh, ob sie nicht den Man beweisen?

Doch haben sie des Worts kain schand,

Dan jr Vorfahrn warn also gnant

Von wegen jrer jungen Manschaft,

Die sie prauchten zu schuz der Landschaft.

Auch haben deines gleichen Gsellen

Wol inn verloffenen Krigsfällen

Mit Plutig Köpfen oft erfahren,

Was die Schweizer für Knaben waren

Vnd solch Manhait sie noch erhalten,

Diweil sie folgen jren Alten,

Vnd was diselben thaten Redlich,

Demselbigen nachsetzen waidlich,

Wie sie dan auch die Schiffart han

Den liben Alten nachgethan,

Welche darum kain Narren waren,

Wie du Narr sie schiltst all für Narren;

Diweil kainer, der vnerfaren,

Durch solche gfar würd sicher faren.

Oder schiltst Närrisch du all Alten?

So seh, wie solches magst erhalten

Daheim bei deiner Priesterschaft,

Die nur am alten won stäts haft.

Aber was darf ich erst vil wort

Mit dir zerprechen an dem ort?

Dan wan ich auf dein Lumpengflick,

Welchs tausent inn das huntert stück,

Solt antworten von stück zu stück,

Wann würt ich färtig mit deim strick?

Man wurd mainen, ich tobt mit dir,

Derhalben will ichs kürzen mir

Vnd antworten auf etlich schmach,

Die wol verdinten gröser Nach.

Du nennst nach deiner Grabeseltet

Das Schiessen zu Strasburg ganz schnöd

Ain Triumpf vnd ain Jubeljar:

Ei, wie trifft dus bei ainem har

Ja mit der Nasen inn den Mist.

Zwar mir nicht lib vm wenig bist,

Deinthalben, der dich Römisch nennst,

Vnd andre Religion sonst schändst,

Das du das Schiessen rümst so sehr

Vnd gibst jm Hailig Römisch Ehr,

(Wa anderst aim zur Ehr geraicht,

Do man mit solchem ain vergleicht);

Ist dir Strasburg jz worden Rom,

Da jder, wie man maint, würt fromm?

Wie wilt dan deren widerstreben,

Die dir kan bösen Ablas geben?

Waist nit, wan sich der frosch willsträussen

Gen dem Ochsen, mus er zerreissen?

Ei, wie hast dich, du mein Koppist,

Der sonst jm Prei verbissen bist,

So grob verred jm Jubeljar,

Welchs dich noch pringen möcht in gfar,

Wan dich zu red dein Pfarrher stelt,

Warum Strasburg für Rom hast gzehlt,

Diweil allain das Hailig Rom

Hat macht zu ainem Jubelkrom,

Vnd du wolst ain Neu jrtum dichten,

Nach Strasburg die Walfart zurichten?

Oder warum dir hat ain Schiessen

Ain Jubeljar nun haisen müsen?

Vnd also Weltlich Fleischlichait

Vergleichst mit höchster Gaistlichait?

Dan man möcht dencken, wie auf Schiessen

Man nach den Plättern pflegt zu schiessen,

Also schieß man im Jubeljar

Nach Seckeln, biß sie werden klar,

Welchs wer ain grose Ketzerei,

Dahin dich prächt der Neidig Prei.

Aber such inn deim Formular,

Da findst entschuldigung gleich par,

Das, als es schribst, nit haim seist gwesen

Vnd von S. Vrbans plag warst bsessen,

Welcher Hailig dein Nachbar ist

Vnd dir oft vnders Hütlin nist,

Vnd fürnämlich dich häßlich ritt,

Als deinen Prei hast ausgeschütt,

Vnd also nicht wußt, was du klafst

Vnd wie dus mit der Nasen trafst.

Darum du wol ain bus verschuldst,

Wa anders du es nur geduldst.

Derhalben, wan ich Bapst solt sein

Im Jubeljar, welchs du führst ein,

Legt ich dir auf kain ander Bus,

Als legt ain Säustrick dir an fus

Vnd hing ain Küschwantz dir auf dprust,

Vnd prent mit deim Prei, deim vnlust,

Dir hais ain Zeichen inn den Backen,

Da müst du gnug an dein Prei schmacken

Vnd rüren dein Petrolium,

Vnd zihen zum Triumpf herum.

Seh, werst nit auch wol eingeweihet?

Solch Weih kain Bischof dir verleihet,

Vnd ist vil schärpfer als die Weih,

Die du zu gibst dem haisen Prei,

Da du schreibst, das man jn thät machen

Aus Hirs, kat, Milch, trei gweichten sachen.

Pfei aus der schand, du Erzvnflat,

Solst du haisen geweicht den Kat?

Hältst also dein Religion,

So magstu zu den Säuen gohn,

Da findstu gnug derselben Weih,

So wont ain Sau der andern bei.

Hie sicht man dein schön erbar leben

Vnd was auf dein Wort ist zugeben.

Dan wan ain ehrlich Ader hetst,

Würdst schämen dich, das solches redst,

Gschweig das solchs schriftlich straiest aus

Vnd wilt dazu gerümt sein draus,

Darum würd man mir hie verzeihen,

Das ich so grob dich mus entweihen,

Dan die Laug mus sein wie der Kopf,

Der Keiel wie am Ast der Knopf;

Ich mus die Mistflig Mistflig nennen,

Damit man lehr jr art erkennen,

Ich mus aim solchen Grobian

Die sach grob geben zuverstahn.

Billich, was ainer eingprockt hat,

Das er sich dessen auch freß satt,

Wie ainer rüfet inn den Wald,

Das es jm auch so widerhalt.

Jdoch, wo dich des wolst beschwären,

Magst dich inn kurzem des erklären,

So wollen es verbessern wir

Vm etlich stück zum besten dir.

Aber es daucht mich gnädig gnug,

Diweil du so gar grob on fug

Als der gröbst Baur, der nichts mag wissen,

Vergleichst dem Jubeljar das Schiessen.

Was ist für gleichait zwischen baiden?

Inn aim sind sich kurzweil vnd freuden,

Im andern der gröst ernst sich find,

Da man bereuen soll die Sünd,

Da mancher krazt im Kopf der Bus,

Wann er so vil Gelts opfern mus.

Inn aim Gaistlich vbung bestaht,

Im andern Krigisch vbung gaht;

Inn aim kurzweilt man vm sein Gelt,

Im andern man ain Bus drum stellt;

Inn aim, wann ainer etwas gwinnt,

Sein sazgelt wider er verdint,

Im andern mus man Gelt einbüsen

Vnd darfür Brief vnd Plei genisen;

In aim gwinnts, der am besten schießt,

Wann er schon nicht vil Gelts einbüßt,

Im andern, wer am besten zahlt

Gewinnts, wie vbel er sich halt;

Inn aim sucht man nur guten willen,

Im andern den Geizsack zufüllen.

Sichst also, liber Jubelman,

Das dein gleichnus geht eben an

Gleich wie der Prei zu deinem Kot.

Derhalben thät es jz wol Not,

Wir hetten mit dir vnser Jubel

Vnd zögen dir an aine gugel

Vnd setzten auf ain Esel dich,

Der gspalten wer fein hindersich,

Vnd geben dir in dHand sein schwanz,

Krönten dich mit aim Nesselkranz,

Schmirten mit deim Prei dir den Rüssel,

Zulecken allzeit etlich bissel,

Schickten dich auf S. Lienhart fort,

Der dir austrib dein Lästerwort

Vnd den Narren, der dich besizt

Vnd also auf dem Esel plizt,

Auf das du lehrntest baß erkennen,

Wie ain Hauptschiessen sei zunennen,

Nämlich ain Nachbarliche fräud

Vnd nicht ain Römisch Jubellaid.

Oder sind Schiessen Jubeljar,

So sind jr warlich vil im Jar

Auch bei denen, die Römisch sind,

Davon der Bapst doch nichts gewinnt.

Dan die von Strasburg haben nitt

Erst angefangen disen sitt.

Er war, eh deines gleichen Narren

Konten den Prei im Hafen scharren.

Aber den Namen köntst baß geben

Den Kirchweihen, darauf jr leben,

Das sind die rechten Jubeltag,

Da recht regirt Sant Vrbans plag,

Da geht es zu ganz ordenlich,

Wie etwan hab gesehen ich

Auf dem schönen Zabern Meßtag

Vnd andern, die ich nun nicht sag.

Aber du merkst es on die Schrift,

Nämlich die dein Sant Vrban stift.

Nun, dis sei gnug vom Jubelfest,

Davon du drum tribst so vil Fest,

Diweil nach deinem Teufelsneid,

Der vns auch stets vergont die freud,

Nicht sehen magst, das Nachbarleut

Freundlich zusamen kommen heut,

Bsorgst, das ander Leut freuntlichkait

Dir, Schadenfro, geraich zu laid.

Oder mainst, das vileicht solch Leut

Nicht werd sind, das sie han solch freud,

So würd des Weer dir geschehen,

Das solche Leut must frölich sehen

O, wie fro sind wir arme Leut,

Das du nicht Bapst bist worden heut,

Du hetst gebotten sonst beim Bann,

Das die Bauren kain Schiessen han

Vnd das sie auch nicht lachen solten,

Dan wan sie dich anlachen wolten,

Dich nämlich, mit deim Prei beschmirt,

Der vnter freud den Neid gern rürt,

Ja, das kain Baur kurzum nicht hust,

Wie sehr auch rüttelst deinen Wust.

Wann du ain Fürst im Elsas hißst,

Gleich wie nur ain Calmäuser bist,

So hettest du zerstöret zwar

Dises Strasburgisch Jubeljar.

Derhalben sind ganz fro die Schützen,

Das du nichts kanst als Federspitzen

Vnd Kat schlecken für Dinten lecken,

Welchs sie dir gar wol lasen schmecken,

Vnd wollen dir zu dank bald schicken

Ain Karch voll, tapfer dran zuschlicken.

Ich wolt, wer freud vergont den Freunden,

Das er alls laid erführ von Feinden,

Vnd wer nicht gern sicht Leut beisamen,

Das er ganz ainsam müßt grißgrammen,

Vnd wer niman mag frölich schauen,

Das er jm selber wer ain grauen.

Dan des ist werd solch Teufels art,

Das jren, was jm, widerfart,

Nämlich, das, weil sie fräut das laid,

Sie sitz inn später traurigkait,

Vnd müs ertauben vnd erplinden,

Ander Leut freud nicht zu empfinden;

Wie dich der Neid dan hat geplend,

Das du nicht hast die Ehr erkent,

Die ain Statt Strasburg hat bewisen

Willig alln Fremden auf dem schiessen,

Auch dir, der dus vnwürdig warst,

Wie du es jzunt offenbarst.

Derhalben sagt man recht vom Neid,

Er steh auch inn vndankbarkeit

Vnd sei wie ain stinkendes faß,

Welchs alls erstänck, was man drein faß,

Das ist, verkehr die Gutthat auch

Inn böses, nach der Spinnen prauch.

Ain solches stinckend Faß du bist,

Gschissen voll Neid, des Teufels Mist;

Drum kanst nichts anders von dir speien

Als Teufelskat, schand, Maledeien.

Dan ist das nicht ain Teuflisch Schänder,

Der schänden darf ganz Stät vnd Länder

Vnd aine Hohe Oberkeit,

Die ain glid ist des Reichs gefreit,

Vnd er doch selbs will sein ain glid,

Schänd also selbs das Reich damit?

Diweil aber du Reichsverletzer

Bist ain Koppist vnd Gerichtsschwetzer,

So soll dir billich sein bekant,

Was für straf gebürt auf solch schand,

Vnd denen, die Schmachschriften dichten,

Vnd schmählich des Reichs Ständ ausrichten,

Nämlich das man sie strafet gleich

Wie die Aufrürer inn aim Reich,

Diweil sie durch jr Zung vnd schreiben,

Wie jene durch gwalt, aufrur treiben,

Vnd vnterstehn durch jrlos schwetzen

Die Leut inn ainander zuhetzen,

Vnd durch der Ständ verklainerung

Zu trennen der Ständ ainigung,

Wie dan du Lugentrüssel thust,

Inn dem du aufschütst deinen Wust

Wider die Ehrende Ammaister

Von Strasburg, die du nennest Kaiser,

Ja Monarch, so herschen allain,

So doch allda herscht die Gemain.

Entweder nicht du, Munaff, waist,

Was recht das Wort Monarcha haißt,

Bist also der gmalt Schulsackesel,

Welcher kain Kraut kent als die Nessel,

Oder du thust es nur zu schmach,

Verdinst deshalb wol ain scharf rach,

Das dein Monarch der Henker wer

Vnd lehrt dich tadeln des Reichs Ehr.

Dan Strasburg ja jr Freihait hat

Von Kaisern, wie ander Reichstat,

Das sie jr Oberkait besez,

Doch nit zu Nachthail des Reichs Gsez,

Wie du Neidhund führst ain gebell,

Als ob sie die Welt fressen wöll,

Sonder dem Reich zu Ehr und nuz

Vnd jrer Vndertanen schuz.

Darum sind jr die freihait geben,

Deren sie, Gotlob, noch geleben,

Dir vnd deins gleichen zu aim Dorn

Inn Augen vnd zu laid dem zorn.

Dan niman haßt die Oberkait,

Als der sich legt auf vppigkait,

Gleich wie kain Vogel haßt das Licht,

Als der auf Diebstal ist gericht.

Oder, du Neidisch Teufelsgfider,

Ist dir die Person so zuwider,

Die damals hilt das Regiment,

Als man das Schiessen hat vollend,

So zaigst du wol dein Neidig art,

Die sich an vnschuld auch nicht spart

Vnd nur haßt, was nicht ist jrs gleichen,

Als die Frommen vnd Tugendreichen.

Dan, was hat sie doch durchs ganz schiessen

Gethan, welchs jman möcht verdriessen?

That sie nicht freuntlich sich erweisen

Allen fremden, wie sies noch preisen?

Hat sie nicht selber mit geschossen

Vnd gleiches vortails mit genossen?

Wa hat sie sich erzaigt beschwärlich?

War sie nicht allen Schützen Ehrlich,

Also das sie sich hant gefräut

Ab seiner gegenwärtigkait?

Was darfst du sein dan so vergessen,

Der auf dem Schiessen selbs bist gwesen,

Vnd hast solch freundlichkait gesehen,

Das dus ain Monarchi darfst schmehen?

(Dan ainem geben höhern Namen,

Als aim gebürt, haißt ain beschamen.)

Du Neidhund waist wol glegenhait,

Was Strasburg hab für Oberkait,

Vnd das kain Monarchi da sei,

Sonder die Gmain regir da frei,

Auch das nicht ain Person allain,

Sunder die Burgerlich Gemain

Dis ehrlich Schiessen an hab gsehen,

Nach dem es etlich mal geschehen,

Das jnen etlich Stätt vnd Ständ

Han, wie präuchlich, Kränz zugesend,

Auch neulich auf dem Wurmsisch schiessen,

Die sie dan nicht verwelken lisen,

Sonder sie prachten an den tag,

Wie jr Ausschreiben solchs vermag.

Noch speit dein Käl gift wie ain schlang,

Welche erstecken solt ain strang.

Aber was soll ich ernst vil prauchen

Mit Narren, die man nur soll stauchen,

Ich mus darfür deinr thorhait lachen,

Das du mainst, es kön sonst nit machen

Ain Oberkait jr ainen Namen,

On wan er dSchüzen rüf zusammen,

Als ob nicht ander thaten weren,

Die dis Hoch Amt nun längst her ehren,

Vnd Strasburg nit längst het ain Namen,

Eh je die Schiesen noch aufkamen.

Da sicht man dein Nasgrose wiz,

Wie du seist so erfaren, spiz,

Minder als Ruprechtsauerbauren,

Die meh inn jrm Schulthais erdauren,

Vnd du wilt, wais nit wo, sein gwesen,

Weit vber Ruprechtsau gesessen,

Als inn Narrwon vnd inn Narrweden,

Vnd kanst nicht baß von sachen reden,

Warum ain Weise Oberkait

Solch kurzweil anricht vnd berait,

Nämlich zu guter freuntschaft pflanzung

Vnd Nachbarlicher lib ergäntzung.

Haißst du dan nit ain schlimmer Schuster

Vnd ains Neidigen Narrens muster?

Ich seh wol, du dörfst auch wol schlisen,

Wan nun dein Landfürst hilt ain schisen,

Das ers vonwegen Namens thät.

Auf das man von seim Namen Red,

Gleich wie Kinder jr Namen graben

Inn Wänd vnd Glocken, jn zuhaben.

Ei, wie hast dus so fein getroffen,

Ei, das man zind dem Herren schlofen.

Damit ain schläflin er drauf thu

Vnd las der Wiz ain wenig Rhu.

Ich glaub, du mainst, aim jeden sei

Wie dir, Kathan, mit deinem Prei,

Den du darum hast angericht,

Zusagen von deim Predigedicht,

Wie man im Elsas find ain Schreiber,

Der maisterlich zerrür die Kleiber,

Vnd welcher Saursenf machen wöll,

Das er dasselb Preimaul bestell,

Der könn jm schaffen ainen Namen

Inn vergleichung der ding zusammen,

Den Kat zum Prei, Triumpf zum schiessen,

Vnd kurzum des Haupts zu den süsen.

Der würd noch inn die Chronich kommen,

Wie er die Zürcher nahr hab gnommen,

Vnd sein *pro rei memoria*

Der ewig Thor inn Moria.

Dan welcher nicht berümt mag werden

Durch ehrlich Thaten hie auf Erden,

Der sucht durch vnehr ainen weg.

Auf das man von jm sagen mög.

Wie diser, der ain Kirch verprant,

Damit sein Namen würd bekant.

Also hast du die Leut geschänt,

Auf das man dich Schandvogel kent

Vnd ain Vorbild der Schänder würst,

Die schand finden, darnach sie dürst,

Die man am schänden kennen kan,

Das sie auch vm mit schanden gahn.

Aber solch Schänder nichts meh kränkt,

Als das jr falsch Zung nichts verfängt,

Vnd hat an Frommen minder kraft,

Als wan ain Pfeil auf Eisen haft,

Oder als wan ain Wespe kummt

Vnd auf vnd ab lang vmher prummt,

Vnd sich zu lezt stoßt an die Wand,

Vnd fällt herab on widerstand.

Also was hilfts dich, Hurnaus thumm,

Das du lang humst vnd prummst herum

Mit schelten an standhaften Leuten,

So es für Prämenschnurren deiten?

Was schads aim Marmolstainin Bild,

Wans ainer gaiselt oder schilt?

Vnd was hat es dem Mör geschad,

Das es Xerxes gegaiselt hat?

Also was mag dein schmach verdunkeln

Bei hohen, die alles verfunkeln?

Was reibst dich an die Oberkait,

An deren man die Köpf lauft prait?

Waist nicht, wer vbersich will hauen,

Dem fallen die Spän inn die Augen,

Vnd das man sich an Hecken reißt

Vnd an den Niderm gras bescheißt?

Solchs vnd dergleichen, schöner Aff,

Solst, eh du schribst, han wol begaft,

Weil du so weit wilt gwandert haben

Auf deim Handwerk der Nassen knaben,

Das du mainst, andre Nationen

Allzait wie Schnecken dahaim wonen,

So doch inn die fürnemste Land

Die Schweizer werden in Krig gsand,

Inn die Land nämlich, da, du Narr,

Selbs achst, das man mehrthails erfahr.

Vnd ist solch erfahrnus im Krig

Mehr als wan müsig man vmzüg

Mit sicherhait inn Venus Haus,

Vnd pring fremd sitten dan heraus,

Könn, wie jr Kunden, prächtig schwetzen

Von Narrentäding vnd von Metzen.

Solches verderbt die alte Sitten,

Welchs die Schweizer han stäts vermitten

Vnd darum noch mit alten Präuchen

Iren Vorfaren Lob erraichen.

Deshalb solt man ausläuten dir,

Da du pringst Hemd vnd Socken für;

Dan wer wais nit, das Schweizerland

Hart Volk ziecht, wie auch ist das Land?

Aber nach deiner Schreiber art,

Die man ziecht auf dem Küssen zart,

Wilt du von andern auch vrtailen,

Gleich wie dein Weib mit dir mus gailen,

Vnd dir das Hemd ins Bett warm pringen

Vnd die Nat rain an socken zwingen.

Drum läutet jm nur all Säuglocken,

Das man ausläut die Schreibersocken,

Diweil er sorg trägt für die füs

Vnd für die Händ nicht, die er bschiß,

Als er, wie er von sich selbs meld,

Schob Kükat, mit erlapp, inn d zelt.

Dis iß wol, wie schreibst, leckerei,

Vnd aine schleckhaft schälkerei,

Welche die Schweizer sehr vexirt,

Diweil jn du hast angerürt.

Dan welcher ist, den nicht verdrießt,

Wann ainer Kat zu laid aim frißt?

Du hetst noch wol ain andern bossen

Können reissen den Eidgenossen,

Wan du das Maul hetst gnommen voll,

Vnd an die zelt gespritzet wol.

O wie hetten sie gzörnt dazu

Vnd dir vil gwünscht aus dem Land Mu.

Ich wolt zur gdächtnus auf den Maien

Dich lan inn Küleim contrafaien,

Vnd dein Nas gar schön drein visiren,

Ja, dich gar damit Balsamiren,

Dan du bist mir nun nicht meh fail,

Weil du bist so bossirlich gail,

Gewis man dich zuprauchen hat

Für ain kurzweil vnd vnflats Rhat,

Vnd hettens die von Strasburg gwißt,

Sie hetten wol ains Narren gmißt,

Vnd dich damals behenkt mit Schellen,

Diweil du doch kanst Reimen stellen;

Nicht, das ich dich vexiren thu,

Dan du bist mir zu lib darzu.

Jdoch darf ich dich wol vexiren,

Dan du laßst mir noch nicht mandiren,

Gleich, wie du sagst, das man mandirt,

Das man die Fremde nicht vexirt,

Welches doch erst sehr billich wer,

Vnd anderswo ist präuchlich sehr.

Wo anders bist inn Fremde gwesen,

Wie du dich mächtig ausgibst dessen,

Da man die Fremde soll empfangen,

Wie man von jn will gonst erlangen:

Vnd welchen Prei selbs nit magst fressen,

Sollst auch aim andern nicht zumessen.

Wolan, ich halt lang auf dein lib,

Dein Prei würd schir vom rüren trüb,

Pringt dir, Katrüttler, schir den schnuppen,

Mein, wolst jn ain klains vbersuppen,

Weil der Mundpreicredenzer bist,

Ob er Prei oder Kat nun ist.

Gleichwol verzeih mir mein vnglimpf,

Das ich zu bekant mit dir schimpf.

Ich maint es gut, on scherzen frei,

Dich auszuwäschen von deim Prei,

Dan mich gedauret hast gar fast,

Das dich damit verwüstet hast

Vnd verglichen die Menschenspeis

Zum Viechkat, vnflätiger weis.

Auch das die Schiffart, rümlich gschehen,

Darfst vngegründter sachen schmehen

Vnd thun wie der Neid, so nur lacht,

Wan ain Schiff vntergeht vnd kracht.

Auch das schiessen, bedacht auf freundschaft,

Hässig deiten auf troz vnd feindschaft,

Auch deine aigne Nachbarschaft

Schänden aus Neid ganz lugenhaft,

Vnd beschmaisen mit Neidig gift

Ain Oberkait, vom Reich gestift.

Ja, allenthalb erzaigst dein Neid

Vnd dein lust zur vnainigkait.

So mußt ich dem Bellenden Hund

Ja stopfen mit seim Prei den Mund.

Vnd jne zalen mit der Münz,

Mit der er andern zalt die zins.

Hetst du gespart den Atham dein,

Damit dein Prei zuplasen fein,

Vnd dein Maul gestopft mit deim Kat,

Het ich dir nicht thun dörfen Rhat

Mit ainem Katgschmirten Gebiß,

Welchs dein zung hilt im zaum gewis,

Wiwol inn manchem Wort vnd stück

Sie wol verdinet ainen strick,

Fürnämlich, da du treibst dein gspött

Mit Oberkait der Land vnd Stätt,

Vnd gern wolst die lib Eidgnosschaft

Verklainern bei der Nachbarschaft.

Waist nit, wer wol redt, hört auch wol;

Jder, wie er säyt, mäyen soll?

Wan die Hurnaus die Binen plagt,

Würd sie von Binen auch gejagt.

Wan du werest ain erbar Man,

Nämest dich nicht des schändens an,

Niman het dich ain Narren gschäzt,

Wan nicht geredt hetst vnd geschwezt.

Wan die Buzschär aufreißt das Maul,

So sicht man erst, das sie stinkt faul.

Aber villeicht wolst aim hofiren

Mit deim Prei rüren vnd kälbriren,

So hast dus mächtig gut gemacht,

Das man jetz allenthalb dein lacht,

Das ain Muck will ain Seul vmstosen,

Die sie doch aufrecht stehn mus losen,

Vnd will sein arm Rachgir vnd Neid

Beweisen in dem, welchs nichts deit.

Deshalben mußt man dich bekräntzen

Mit Dannzweigen vnd Eselsschwänzen,

Vnd dich ausstreichen vnd schön molen

Mit deinem Prei, mit speck vnd Kolen.

Ich hab die Sau, darein du stichst,

Nicht können bschären, wie du sichst,

Sonder im Sauschären vnd stechen

Wollen wir dich den Maister rechen,

Du stichst weit hinein inn aim Jor,

Stech jmmer fort, sie lauft empor.

Aber die Sau mußt sengen ich,

Die schick ich dir jetz zu dem stich,

Vnd will himit geworfen han

Vnter die Hund, so bellen an,

Vnd welcher würd getroffen hie,

Der mag sich lasen hören frü,

Den wollen wir als dan aufs frisch

Empfangen auf grob Schweizerisch.

.

Ain falsch Neidisch herz ist wie ain Lockvogel auf dem Kloben, vnd lauret, was er schänden mög. Dan was er guts sihet, deutet er aufs ärgst, vnd das best schändet er aufs höchst. Hüt dich vor solchen Buben, sie haben nichts guts im sinn.